LE

MISSIONNAIRE

PAR

HIPPOLYTE BRAVET

Est quadam prodire tenùs, si non datur ultrà.

HORACE, liv. Ier, épit. Ire.

PRIX : 1 FRANC

BORDEAUX

IMPRIMERIE G. GOUNOUILHOU

ancien Archevêché (entrée rue Guiraude, 11).

1861

LE
MISSIONNAIRE

PAR

HIPPOLYTE BRAVET

Est quædam prodire tenûs, si non
datur ultrà.

HORACE, liv. Ier, épit. Ire.

BORDEAUX

IMPRIMERIE G. GOUNOUILHOU

ancien Archevêché (entrée rue Guirande, 11).

1861

Cet ouvrage, qui a obtenu la première distinction[1] au concours de poésie de l'Académie de Bordeaux, en 1853, se vend au profit des pauvres secourus par lá Conférence de Saint-Vincent-de-Paul de Bazas, dont l'auteur faisait partie.

[1] Aucun des trente ouvrages en vers présentés au concours de 1853 n'ayant été couronné, il ne fut accordé que des mentions honorables, et le *Missionnaire* obtint la première.

PRÉFACE

L'auteur n'a composé ce modeste poëme, puisé en grande partie dans les *Annales de la propagation de la Foi,* que pour le faire vendre au profit des pauvres ; et il n'a recherché l'approbation de l'Académie de Bordeaux que pour le faire valoir auprès des acheteurs.

C'est donc un appel à la charité qu'il fait en le publiant ; puisse-t-il être entendu, dans ce moment où tant de misère réclame tant de secours !

1857.

LE MISSIONNAIRE

LE DÉPART.

Maurice était son nom, la France sa patrie.
Une sœur éplorée, une mère chérie
N'ont pu le retenir sous le toit paternel;
Il part, et son exil devait être éternel.
Quelle puissante voix, sur la terre anamite,
Au milieu des dangers appelle ce lévite?
Quelle puissante voix, s'emparant de son cœur,
L'arrache à sa patrie, à sa mère, à sa sœur?
Ah! c'est la voix du Ciel qui l'entraîne et l'inspire;
C'est Jésus qui l'invite au banquet du martyre.
Vole, soldat du Christ, va mourir pour ton Roi,
Va lui rendre le sang qu'il a versé pour toi!
Son amour t'a choisi la palme la plus belle,
Et sa main tient déjà la couronne immortelle
Qui doit ceindre ton front à ses arrêts soumis;
Va, le bourreau t'attend, mais le ciel t'est promis.

UNE TEMPÊTE.

Sur ce frêle vaisseau déchiré par l'orage,
Quel est ce prêtre saint dont le mâle courage,

Seul a vu sans effroi la colère des flots ?
C'est Maurice au milieu des pâles matelots
Qu'à ses pieds fait tomber une peur salutaire.
Lui, debout, au Seigneur adressant sa prière,
Implore leur pardon et le calme des mers,
Et tous sur leurs péchés versent des pleurs amers ;
Tous, les bras suppliants et le front dans la poudre,
Mêlent leurs longs sanglots aux éclats de la foudre,
Et, sous le fer aigu de leurs regrets poignants,
Au Dieu qui les châtie offrent leurs cœurs saignants.
O d'un vrai repentir invincible puissance !.....
Le tonnerre se tait et les vents font silence ;
Le soleil dans l'azur reparaît radieux ;
Le vaisseau se relève et s'élance joyeux
Loin de ce cap perfide où la foi des poètes
Vit jadis se dresser le géant des tempêtes (¹).

LE VOYAGE.

Secondé par les vents, le vaisseau voyageur
Traverse cette mer dont l'ardent équateur
Colore de ses feux la vague étincelante,
Où rougit le corail, où la perle s'argente,
Et qui baigne ce sol foulé par les Birmans,
Où l'or court en filons parmi les diamants.
Déjà même il voit fuir les îles de la Sonde,
Qu'un soleil sans hiver avec amour féconde,
Qui couronnent leurs fronts d'utiles cotonniers,
D'arbres au bois de rose et de noirs ébéniers ;
Qui nous ont vu souiller leurs couches virginales,
Où dormaient les rubis, les saphirs, les opales,
Et nous livrent ces fruits sous la meule écrasés,
Pour rendre l'appétit à nos palais blasés ;

(¹) Le cap de Bonne-Espérance. Allusion à une fiction de la *Lusiade*.

Puis il dépasse l'île où croît l'herbe embaumée
Dont nous jetons au vent l'ondulante fumée (¹),
Touche de Sancian les bords religieux.
Aux cendres de Xavier paye un tribut pieux,
Et de la Chine enfin saluant le rivage,
Il entre dans le port où l'Homère du Tage,
Volant d'un seul coup d'œil à l'immortalité,
Jeta son nom obscur à la postérité (²).

LE DÉBUT.

Après trois ans entiers d'un dur apprentissage,
Maurice voit enfin luire pour son courage
L'heureux jour de la lutte, et vole aux saints combats.
Un simple catéchiste accompagne ses pas.
A travers les récifs et les mers orageuses,
Sur des monts escarpés, dans des gorges affreuses,
Pour toute arme emportant les pacifiques lois
D'un Dieu né sur la paille et mort sur une croix,
Il va dans les déserts qu'habitent les Tartares
Au joug de l'Évangile asservir des barbares.
Quelle démence aux yeux de l'incrédulité!
Mais aux yeux de la foi quelle intrépidité!.....
Jouet des fiers autans qui grondent sur sa tête,
Sur des bords ennemis jeté par la tempête,
Ramassé, reconnu, battu, chargé de fers,
Il souffre tous les maux que son maître a soufferts.
Mais la torture en vain veut dompter son audace;
Plus son corps est brisé, plus son âme est vivace;
Dieu le voit, le soutient dans ses rudes travaux,
Et sa constance enfin a lassé ses bourreaux.

(¹) Manille, dont les tabacs sont très-renommés.
(²) C'est à Macao que le poète Camoëns débuta dans la carrière
littéraire, par la composition de sa *Lusiade*.

Libre, le confesseur, aux régions de l'Ourse,
Encore tout meurtri recommence sa course.
Il atteint ces remparts, gigantesque labeur,
Aux confins de la Chine élevés par la peur,
Les franchit, et bientôt dans le désert s'élance,
Offrant sa vie à Dieu, ses regrets à la France.

LE DÉSERT.

Où commence, où finit cet immense désert?
Au voyageur perdu quel chemin est ouvert?
Contre les feux du jour aura-t-il quelque ombrage?
Un abri pour la nuit, un toit contre l'orage?
Rien..... et l'œil cherche en vain un arbre, une maison,
Un sentier dans la plaine, un point dans l'horizon.
A ses pieds tout est nu, dans les airs tout est morne;
Il marche, marche encor, et ne voit point de borne
A sa course du jour, qui chaque jour renaît.
Maurice, cependant, qu'un saint zèle entraînait,
Ne se lasse jamais et toujours il s'avance,
Appuyé sur la Foi, conduit par l'Espérance.
En vain la soif le presse et la faim le poursuit,
En vain son corps éprouve, et le froid de la nuit,
Et la chaleur du jour, et, sur la terre humide,
Le funeste contact d'une couche homicide.
Rien ne saurait l'abattre; il marche, il va toujours,
Du soleil qui descend suivant au loin le cours,
Et pour son compagnon dont la force chancelle,
Réservant le peu d'eau que sa gourde recèle.

LA VILLE ABANDONNÉE.

Ce triste état durait depuis vingt jours entiers,
Lorsqu'à leurs yeux ravis, derrière des halliers,

Se montrent quelques tours et d'informes toitures.
Ils y portent leurs pas : un amas de masures,
Des remparts écroulés, des temples découverts
De précieux débris de mousse recouverts,
Des places, des marchés envahis par les ronces,
Lieux déserts où leurs voix demeurent sans réponses,
C'est là que les conduit un décevant espoir.
Sur ces débris alors tombait l'ombre du soir.
Pour suivre les détours de ce noir labyrinthe,
Ils fendent en éclats le tronc d'un térébinthe,
L'allument, et, s'aidant de ces pâles flambeaux,
Tels que des revenants errant sur des tombeaux,
Ils marchent lentement et l'oreille attentive,
Cherchant à découvrir quelque filet d'eau vive,
Ou, d'un œil inquiet, aux arbustes divers,
Demandant le bienfait de quelques fruits amers.
Mais rien, rien ne répond au cri de leur souffrance ;
Autour d'eux tout est mort, aridité, silence,
Et le bruit de leurs pas, leurs chants religieux,
Troublent seuls le repos de ces lugubres lieux.

UN MARAIS TOURBEUX.

A cette triste nuit que vient chasser l'aurore
Doit succéder, hélas ! un jour plus triste encore.
Au-delà des remparts de la morne cité
Est un vaste marais par des monts abrité.
Sous un plancher mouvant, formé d'herbes solides
Et sur un lit de sel dorment ses eaux fétides.
Ce fragile plancher, au voyageur tremblant,
Offre seul sur le gouffre un chemin ondulant,
Qui, pliant sous ses pas, et s'abaisse et s'élève,
Comme les eaux d'un lac que l'orage soulève.
Malgré l'épais brouillard dont les flots nuageux
S'étendent en linceul sur ce marais fangeux,

Maurice, le premier, rappelant son courage,
Ouvre à son compagnon le périlleux passage,
Interroge de l'œil l'élastique réseau,
Fuit les lieux dangereux où se plait le roseau,
Choisit le point précis où l'herbe moins humide
Pour appui lui promet un tissu plus solide,
Y pose un pied furtif, avance, avance encor,
Et sans rompre la trame arrive enfin au bord ;
Mais il arrive seul..... Oh ! quelle angoisse horrible
Dut étreindre son âme en ce moment terrible !.....
Il parvient cependant à dompter sa douleur,
Se relève, et puisant dans ce nouveau malheur
Pour accomplir son œuvre une force nouvelle,
Il revient sur ses pas, avance, cherche, appelle....
Un cri plaintif répond... il y court... c'est bien lui,
C'est l'humble catéchiste implorant son appui ;
Sur ses genoux tremblants son corps plie et chancelle,
Son visage est couvert d'une pâleur mortelle ;
Épuisé, défaillant, il tombe sur le sein
De l'ami que le Ciel lui ramène à dessein,
Et qui, bravant la mort sous ses pieds menaçante,
L'emporte, et pour lui seul, d'une voix suppliante,
Conjure le Seigneur de fermer sur ses pas
Ce gouffre où les attend un stérile trépas.
Secondant, en effet, son dévouement sublime,
Le Seigneur de sa main le soutient sur l'abîme,
Et bientôt, loin du gouffre, au versant d'un coteau,
Il a pu déposer son précieux fardeau.
Mais tous ces soins, hélas ! c'est en vain qu'il les donne
A ce débile enfant que la vie abandonne !
Malgré ses vœux fervents, il n'en put obtenir
Qu'une courte prière, un regard, un soupir,
Et l'ombre de la mort passa sur ce visage
Dont quatorze printemps marquaient à peine l'âge.

UNE SÉPULTURE.

Tant de nobles desseins de sa vie effacés,
Tant de poignants chagrins sur son cœur amassés,
De Maurice un moment ébranlent la constance.
Seul, absolument seul dans un désert immense,
Où nul être animé ne réjouit ses yeux
(Car la nature est morte en ces horribles lieux),
Réduit à s'abreuver dans une mare impure,
A chercher dans les bois une vile pâture,
Et pour finir d'un trait ce tableau déchirant,
En face d'un cadavre et lui-même mourant.....
En est-ce assez, grand Dieu! pour combler la mesure
Des maux que peut souffrir ta faible créature?.....
Mais le pieux athlète oserait-il jamais
Dire à Dieu c'est assez....... c'est assez désormais!.....
Non, non, il sait trop bien que la souffrance épure;
Qu'il n'appartient qu'à Dieu d'en faire la mesure,
Et qu'il doit, comme lui, pour mériter le ciel,
De son calice amer avaler tout le fiel.
Ne faut-il pas d'ailleurs qu'à cet ami qu'il pleure
Il puisse préparer la dernière demeure?.....
Ah! pour un tel devoir, inspiré par son cœur,
Maurice est déjà plein d'une sainte ferveur,
Et ramassant le peu de force qui lui reste,
Il creuse dans le sable une tombe modeste,
Y place de ses mains le corps inanimé,
Le corps baigné de pleurs de son disciple aimé,
Jette un dernier regard sur cette humble dépouille,
Lui dit adieu, la couvre, et puis il s'agenouille
A l'ombre d'une croix faite avec des roseaux,
Que des liens de joncs unissent en faisceaux,
Et qu'il vient d'élever sur cette terre nue,
Où repose d'un saint la dépouille inconnue.

UNE OASIS.

Au pied de la colline où dort le saint martyr,
De ce sol sablonneux commencent à sortir,
Comme des oasis, quelques vertes prairies,
Et plus loin un ruisseau, sur ses rives fleuries,
Laisse voir, alignés en ondoyants sillons,
D'un campement mongol les nombreux pavillons.
Le jour allait s'éteindre au milieu d'un orage ;
Le soleil se couchait dans un sanglant nuage,
Et déjà le bruit sourd des tonnerres lointains
Pressait vers leurs troupeaux les bergers incertains.
Tout se meut, tout s'agite en la cité nomade,
Et tandis que chacun ramène à la peuplade
Ses bêlantes brebis et leurs jeunes agneaux,
Que d'un pas mesuré reviennent les chameaux,
Et que l'ardent poulain, la jument hennissante,
Arrivent l'œil en feu, la crinière flottante,
Le ciel est labouré de livides éclairs,
Le tonnerre partout retentit dans les airs,
Et, sans doute conduit par une main divine,
Il tombe avec fracas sur l'aride colline,
Illumine la croix d'électriques rayons,
Et la montre éclatante aux pâtres des vallons.
A ce signe adoré, quelques catéchumènes,
Exilés pour leur foi sur ces plages lointaines,
Accourent saluer ce Calvaire nouveau ;
Mais ils touchent à peine au sommet du coteau
Que le prodige cesse ; et le signe adorable
Laisse voir seulement, prosterné sur le sable,
Un saint prêtre couvert d'une affreuse pâleur,
Épuisé par la faim, la soif et la douleur,
Et qui, près de s'éteindre aux jours de sa jeunesse,
Comme un beau lys fané sur lui-même s'affaisse.
Émus à son aspect, les bergers à l'envi

Volent à son secours ; et l'apôtre ravi,
Au pied de cette Croix qu'avec eux il adore,
En voyant des chrétiens, se trouve heureux encore.
Ces chrétiens cependant qu'appellent d'autres soins
Se hâtent de pourvoir à ses premiers besoins ;
De leurs bras enlacés lui font une litière,
L'y placent ; et bientôt leur tente hospitalière,
Payant à ses vertus un trop juste loyer,
Reçoit ce nouvel hôte à son humble foyer.

UNE ÉGLISE.

Depuis ce jour de deuil et d'angoisses mortelles,
Dix fois les monts mousseux, aux glaces éternelles,
Du soleil de juillet avaient bravé les feux.
On touchait au mois d'août. Sur leurs sommets neigeux
S'épanchaient les clartés d'une brillante aurore :
De leur reflet déjà la plaine se colore ;
L'ombre descend, s'éloigne, enfin s'évanouit,
Et sur un trône d'or le jour s'épanouit.
De ces rochers voisins du séjour des Pléïades
Tombent en bouillonnant de bruyantes cascades,
Qui, dans d'étroits vallons, vont bondir en torrents,
Puis couler dans la plaine en fleuves bienfaisants.
Dans des steppes sans fin, plus loin, de blanches tentes,
S'élevant au-dessus des herbes ondoyantes,
Semblent, à l'œil ravi, d'immobiles vaisseaux
Qu'une tranquille mer caresse de ses eaux.
Ici, sur les ravins et les gorges profondes,
S'élancent des chamois les bandes vagabondes ;
Ailleurs, aussi légers, quoique moins pétulans,
Passent, comme l'éclair, les rapides élans ;
Et là, d'oiseaux jaseurs une troupe sauvage
Fait de ses bruits joyeux retentir le rivage,
Tandis qu'on voit partout d'innombrables troupeaux
S'étendre dans la plaine ou gravir les coteaux...

Mais du sommet alors d'une verte colline,
Par les monts abritée et qu'un temple domine,
La cloche vint troubler, pour la première fois,
Dans ce vaste désert, le silence des bois;
Et les échos nombreux de ces hautes montagnes
Reportent, étonnés, jusqu'au fond des campagnes,
Du catholique airain les sons religieux.
Les fidèles, debout à ce signal pieux,
Accourent revêtus de leurs habits de fête.
Précédé de la Croix, Maurice est à leur tête.
Ce n'est plus ce mourant brisé par la douleur,
Épuisé par la faim, la soif et la chaleur :
Dieu voulut aux Mongols conserver ce saint homme,
Et par ses mains un jour leur ouvrir son royaume...
Et l'œuvre s'accomplit... et l'apôtre ravi,
De trois mille chrétiens se voit déjà suivi,
Pressés d'aller enfin, d'un temple catholique,
Pour la première fois, saluer le portique...
Et ce temple, construit au milieu des déserts,
Dont la flèche, ô mon Dieu! s'élance dans les airs,
Monument élevé par quelques mains chrétiennes,
Attestera longtemps, sur ces plages lointaines,
A ceux que l'esprit saint rangera sous ta loi,
Ce que l'amour inspire et ce que peut la foi.

LA MESSE.

Du coteau cependant le peuple en longues files
Gravissait lentement les pentes indociles,
Et venait se ranger sur le vaste plateau
Où la Croix va s'ouvrir un asile nouveau.
Déjà même le prêtre a répandu l'eau sainte;
Trois fois de l'édifice il a béni l'enceinte;
A la porte scellée il a frappé trois fois,
Et tracé sur le seuil le signe de la Croix;

Puis, inclinant son front sur la pierre sacrée,
Trois fois aussi du temple a demandé l'entrée...
Et la porte massive a roulé sur ses gonds,
Et l'imposante nef, sous ses arceaux profonds,
Reçoit un peuple entier prosterné sur ses dalles,
Et faisant retentir les voûtes virginales
Des versets inspirés du *Veni Creator*
Que répètent les saints dans un céleste accord.
Bientôt l'esprit du Dieu qui mesure nos heures,
De son feu créateur remplissant ces demeures,
L'épanche avec amour aux fronts des assistants,
En inonde leurs cœurs d'ivresse palpitants,
Et, le laissant tomber en flammes invisibles,
Fait tressaillir l'airain et le marbre insensibles.
Tout respire en effet, ou semble respirer,
Dans ce lieu solennel où Dieu doit habiter ;
Où déjà l'Esprit-Saint, balayant de ses ailes
De l'enfer impuissant les cohortes rebelles,
Plane victorieux, et descend sur l'autel
Consacré par le vin, l'eau, la cendre et le sel...
Le prêtre alors, qu'émeut sa divine présence,
Signe son front, s'incline, et la messe commence.
La messe !... A ce nom seul je sens faiblir ma voix ;
Ma lyre est détendue et se tait sous mes doigts.
Eh ! comment en effet oserais-je dépeindre
Ce que l'œil ne peut voir, la main ne peut atteindre !
Ce que l'esprit en vain s'efforce de saisir,
Qui se refuse au doute et se donne au désir !
La messe ! ah ! quel moment ! quelle heure solennelle,
Où le Verbe, aux accents d'une bouche mortelle,
Daigne abaisser les cieux, et dans un faible cœur,
Sous un humble symbole abîmer sa splendeur !
Où ce cœur vient encor puiser avec délice
Le lait sacré de l'âme au céleste calice !
Silence donc, silence, orgueilleuse raison,
Car ton œil ne parcourt qu'un étroit horizon :

Le cœur seul, pour monter aux clartés éternelles,
A de la foi la vue et de l'amour les ailes.
Silence!... sur l'autel où le prêtre l'attend,
Pour s'y voir immoler, la victime descend :
Dieu, Christ, Sauveur, Agneau, maintenant faible hostie
Dont le plus vil pécheur peut prendre une partie.
Devant ce frêle pain, que de fronts prosternés,
Humbles de repentir et d'espoir couronnés !
Et pour le recevoir, que de lèvres avides !...
Ah ! c'est que dans ce pain, ô mon Dieu ! tu résides :
C'est ta chair, c'est ton sang, c'est ta divinité,
Et la source, pour nous, de l'immortalité.

LA SÉPARATION.

C'est ainsi quē du Dieu qui naquit sous le chaume,
Le moderne Xavier agrandit le royaume.
Élevés par ses soins, instruits par ses leçons,
Des prêtres dévoués accouraient aux moissons,
Et notre foi, naguère aux Mongols inconnue,
Est jusqu'au fleuve Jaune aujourd'hui parvenue.
Mais au-delà Maurice a porté ses regards,
Et brûle de courir à de nouveaux hasards.
Il sait que des Kolos les tribus redoutées,
Pour retraite ont choisi les gorges indomptées
Que le Borhan-bota couvre de ses hauteurs.
Il a vu plusieurs fois ces hardis malfaiteurs,
Comme un fougueux torrent, sortir de leurs montagnes,
Et des chrétiens au loin ravager les campagnes.
Une lance, un fusil, un poignard en sautoir,
Deux sabres retenus par un ceinturon noir,
Telle est dans les combats leur armure complète ;
Et sous la peau de loup dont ils coiffent leur tête,
Des cheveux plats, huileux et par mèches pendants,
Laissent percer l'éclair de leurs yeux flamboyants :

Aspect tout à la fois et grotesque et terrible,
Qui de leur vil métier est la marque visible.
Et voilà le terrain qu'il faut ensemencer !
Hélas ! comment la foi pourra-t-elle y germer ?...
Comment guérir ces cœurs qu'une lèpre dévore ?...
Maurice s'y dévoue, et pourtant il l'ignore,
Car il sent sa faiblesse et connaît ce qu'il peut ;
Il l'ignore... qu'importe ? il sait que Dieu le veut...
Que de pleurs, de regrets, que d'amour il emporte
Ce bon prêtre, à qui tous voudraient servir d'escorte !
Rangés sur son chemin, les femmes, les enfants,
Les vieillards accourus malgré le poids des ans,
A genoux et bénis par sa main tutélaire,
Cette main qui cent fois soulagea leur misère,
Lui disent un adieu brisé par les sanglots,
Tel qu'en un soir d'automne en murmurent les flots ;
Et ceux que le printemps, ou l'été de la vie,
Ont dotés du bienfait d'une mâle énergie
Et rendus plus soumis aux volontés des cieux,
Pâles d'un noble effort, mornes, silencieux,
Refoulant leur douleur et cachant leurs alarmes,
L'accompagnent l'œil sec, mais le cœur plein de larmes.
Il les voit, les devine, et leur montrant la Croix :
« Mes frères, nos devoirs sont écrits sur ce bois ;
» C'est là que Jésus-Christ, dans son amour extrême,
» Nous sauva de là mort en s'y livrant lui-même ;
» C'est là qu'un Dieu voulut obéir et souffrir,
» C'est là qu'un immortel consentit à mourir.
» Ah ! combien notre peine est petite et légère
» Devant ce sacrifice immense et volontaire !
» Cessez donc de montrer un visage abattu :
» On n'est vraiment chrétien qu'à force de vertu.
» Imitez-moi, sous l'œil qui d'en-haut nous contemple,
» De la sérénité je vous donne l'exemple ;
» Près de mon sort pourtant votre sort semble beau :
» Je vous laisse un pasteur et je pars sans troupeau... »

Quelques larmes ici trahissant son courage,
Dans une de ses mains il cache son visage,
Porte l'autre à son cœur triste et plein de combats,
Leur fait un dernier signe et s'éloigne à grands pas.
Eux, muets de douleur et la tête baissée,
Regagnent lentement leur tente délaissée,
D'où longtemps leurs regrets, leur prière et leurs vœux,
Pour leur pasteur absent, monteront vers les cieux.

LA CHASSE AUX BISONS.

Vingt mois avaient passé sur ce jour d'amertume.
L'automne, déployant son vieux manteau de brume,
Du soleil affaibli voilait les rayons d'or,
Et venait d'appeler les tribus du Noor
A chasser le bison dans leurs plaines désertes.
Déjà de cavaliers les steppes sont couvertes.
Partis en éclaireurs, les plus hardis d'entre eux
Vont chercher des bisons le troupeau dangereux ;
Ils écoutent sa marche, interrogent sa trace ;
Et quand leur œil perçant, parcourant tout l'espace,
L'a découvert au loin brunissant l'horizon,
Ce cri jeté par eux : *Le bison! le bison!*
Va frapper des chasseurs l'oreille impatiente,
Et tous partent remplis d'une joyeuse attente.
Les bœufs, au premier bruit prévoyant le danger,
En épaisse phalange accourent se ranger,
Et forment un rempart de leurs fronts intrépides
Où viennent s'abriter leurs compagnes timides.
Ainsi, dès que le ciel commence à s'assombrir,
La poule, à ses petits empressés d'accourir,
Ouvrant avec amour une aile maternelle,
Reste seule exposée aux fureurs de la grêle.
Mais dans la plaine enfin a paru l'ennemi,
Et d'un noble courroux les bisons ont frémi.
On ne peut sans effroi voir au-dessus des herbes

Leurs menaçants fanons et leurs têtes superbes ;
De leur queue irritée ils flagellent leurs flancs ;
La terre sous leurs pas vole en débris fumants ;
Et leurs yeux que rougit le feu de la colère
Semblent lancer la mort au chasseur téméraire.
Vaine colère, hélas ! et bruits encor plus vains !...
Par le plomb meurtrier mortellement atteints,
Ils tombent sans vengeance en déchirant l'arène,
Et de leurs beuglements font retentir la plaine.
Cependant, le courroux de ce fier animal
Au chasseur qui l'affronte est quelquefois fatal :
On l'a vu, de ses pieds, le pétrir sur la grève ;
Plus souvent il le prend, sur ses cornes l'enlève,
Le lance dans les airs, le reprend au retour,
Le relance et reprend trente fois tour à tour,
Comme fait un enfant d'une balle légère,
Et l'abandonne enfin mourant sur la poussière ;
Mais c'est un jeu cruel, un triomphe sans fruit...
Le troupeau décimé, profitant de la nuit,
S'enfuyait, l'œil empreint d'une rage étouffée ;
Et les vainqueurs rentraient, apportant en trophée,
Sur plus de trente chars traînés par des élans,
Des bisons abattus les membres tout sanglants.

LE FESTIN.

Le chef de la tribu, sous une vaste tente,
Venait de réunir l'élite triomphante
Des chasseurs, empressés de fêter au retour
Les merveilleux succès de la chasse du jour,
Lorsque trois voyageurs, surpris par la nuit sombre,
Des heureux conviés vinrent grossir le nombre :
C'était le saint apôtre et deux prêtres nouveaux,
Jaloux de partager ses pénibles travaux ;
Ils s'approchent du chef, s'inclinent, et Maurice :
« Digne vieillard, dit il, à nos vœux sois propice.

» Depuis près de vingt ans, pèlerins des déserts,
» Nous prêchons l'Évangile à des peuples divers.
» Aujourd'hui, c'est vers vous que le Ciel nous envoie,
» Et nous venons du ciel vous aplanir la voie.
» Daignez donc parmi vous recevoir en amis
» Ceux que, pour vous sauver, le Seigneur a commis.
» Fils du Christ, comme lui dépourvus de richesses,
» Nous ne pouvons sur vous répandre des largesses ;
» Mais d'or et de présents nos leçons tiendront lieu :
» Le premier des trésors, c'est de connaître Dieu. »
— « Lamas de l'Occident, dit le chef vénérable,
» Soyez les bienvenus, et prenez place à table :
» La tente du Mongol, sa table et son foyer,
» Jamais au voyageur n'imposent de loyer.
» Vous serez, parmi nous, traités comme des frères.
» Aujourd'hui présidez à nos jeux populaires ;
» Et demain, entourés des chefs et des anciens,
» Vous pourrez commencer vos doctes entretiens. »
Témoin de cet accueil, chacun alors s'empresse
De fêter les élus dont Dieu, dans sa sagesse,
Vers les champs du Noor a dirigé les pas.
Les chefs leur font d'abord les honneurs du repas.
Dans des jeux variés, une agile jeunesse,
Déployant à la fois sa force et son adresse,
Vient égayer la scène, et les charme à son tour ;
Puis, armé de son luth, s'avance un troubadour
Qui, du grand Tamerlan rappelant la mémoire,
Dans un chant martial célèbre ainsi sa gloire :

LE CHŒUR.

Nous t'invoquons, divin Timour (¹).
Du haut du céleste séjour,
Des enfants de la Mongolie
Écoute les accents plaintifs,

(¹) Tamerlan est ainsi nommé par les Mongols.

Et viens de leurs sabres oisifs
Retremper la lame amollie.

1er couplet.

Nul n'aurait pu compter tes nombreux bataillons,
Alors que devant toi fuyaient les nations.
Tous se levaient, joyeux, au premier cri de guerre,
Et leur seul mouvement faisait pencher la terre.

Nous t'invoquons, etc.

2e couplet.

Où se sauvent, Timour, ces peuples et leur roi?
Tes guerriers d'un regard les ont glacés d'effroi.
Mais nul n'échappe aux coups du Mongol intrépide,
Tant est longue sa lance et sa flèche rapide.

Nous t'invoquons, etc.

3e couplet.

Enfants dégénérés de ces nobles aïeux,
Nous dormons... Cependant, de leurs faits glorieux
Le brillant souvenir nous obsède sans cesse,
Et jette dans nos cœurs une brûlante ivresse.

Nous t'invoquons, etc.

4e couplet.

Notre main peut dompter le sauvage étalon;
Notre œil peut découvrir sur l'herbe du vallon
Les vestiges lointains des gazelles légères...
Ne pourrons-nous jamais bander l'arc de nos pères?

Nous t'invoquons, etc.

5e couplet.

Au sein d'affreux déserts, sous nos jarrets nerveux,
Le coursier, se livrant à ses transports fougueux,
Remonte les torrents, plonge au fond des abîmes,
Et des monts escarpés ose aborder les cimes.

Nous t'invoquons, etc.

6e couplet.

Mais j'entends du Chuga le vieux volcan mugir (¹),
Sous nos tentes l'espoir peut enfin refleurir.
Déjà l'hymne guerrier résonne sur la harpe,
Et je vois du Lama flotter la rouge écharpe.

    Nous t'invoquons, etc.

7e couplet.

Nous t'offrons chaque jour le lait de nos troupeaux,
Les plus blanches toisons de nos jeunes agneaux,
Et des bois odorants les plus pures essences :
Fais descendre, ô Lama! le bonheur sur nos lances.

    Nous t'invoquons, divin Timour.
    Du haut du céleste séjour,
    Des enfants de la Mongolie
    Écoute les accents plaintifs,
    Et viens de leurs sabres oisifs
    Retremper la lame amollie.

Le barde avait cessé; mais ses mâles accents
Retentissaient encor dans ces cœurs frémissants,
Des Scythes belliqueux postérité féconde
Qui se croit appelée à conquérir le monde (²).

CONVERSIONS.

Des apôtres du Christ l'infatigable main
Labourait nuit et jour cet inculte terrain ;

(¹) Signe de guerre.
(²) C'est, chez les Mongols, une croyance populaire tellement en-
racinée, qu'ils se tiennent constamment prêts à entrer en campagne,
et qu'un signe de leur Taluï Lama suffirait pour les mettre tous en
mouvement.

Et dans les longs sillons qu'ouvrait leur patience,
Ils jetaient, sans compter, la pieuse semence.
Par la grâce arrosée, enfin elle germa ;
Et, malgré le dépit de l'envieux Lama,
Malgré les noirs complots du bonze fanatique,
Ils purent contempler la moisson catholique,
Sur ce sol étonné, déployant ses trésors,
Car d'abondants produits couronnaient leurs efforts.
Le succès, de Maurice a redoublé le zèle :
Il croit n'avoir rien fait tant qu'un seul infidèle,
Sur ses yeux conservant le bandeau de l'erreur,
Ne sera pas lavé dans le sang du Sauveur.
Au milieu de ce peuple, une horde étrangère
Végétait sous le poids d'une affreuse misère :
Captifs que les Kolos, vaincus par les Noors,
Laissèrent, en fuyant, prisonniers sur ces bords.
Ils sont assujétis au plus dur esclavage,
Et les plus vils emplois sont toujours leur partage.
Du toit de leurs vainqueurs honteusement chassés,
Ils vivent en commun, dans un antre entassés,
Où pénètre à regret une lueur blafarde,
Disputant aux pourceaux confiés à leur garde
La paille de leurs lits, la place de leurs pas,
Et trop souvent, hélas ! leur dégoûtant repas.
C'est là que descendit l'intrépide lévite.
Ni l'aspect repoussant du peuple qui l'habite,
Ni l'air empoisonné, ni l'immonde troupeau,
Ni la vermine enfin qui s'attache à sa peau,
N'ont pu l'en détourner : assis sur la litière,
Il leur parle d'un Dieu qui veut être leur père,
Qui fut captif comme eux et comme eux a souffert,
Qui n'oublia jamais le pauvre qui le sert,
Et dont la main sur eux peut verser l'abondance.
Le bon prêtre ouvre ainsi leurs cœurs à l'espérance :
Pour leurs maux passagers, il a l'éternité ;
Pour leurs pressants besoins, il a la charité.

Son cœur sent, sa main donne, et sa sainte parole
Les charme, les instruit et surtout les console.
Un pareil dévoûment devait porter ses fruits.
Ces captifs dégradés, par tant d'amour séduits,
Ne peuvent résister aux attraits de la grâce :
De nouveaux sentiments dans leurs cœurs prennent place.
Cet ami, qui pour eux est descendu si bas,
Ils baisent en pleurant la trace de ses pas,
Marchent à la lueur de ses vives lumières,
Et livrent à son Dieu leurs âmes tout entières
En savourant le miel de son doux entretien.
Comment dans le malheur ne pas être chrétien?...
Cependant, sur leurs fronts coule l'eau baptismale;
Ils sont régénérés, et la tache fatale
Qui couvrait leur esprit de son obscurité
A fait place au rayon de l'immortalité.
Leurs pieds ne traînent plus d'odieuses entraves;
Adoptés par Jésus, ils ne sont plus esclaves,
Et leur maître d'hier est pour eux aujourd'hui,
Au lieu d'un oppresseur, un fraternel appui.
Rendus à ce Dieu saint que l'homme adore et prie,
Maurice veut encor les rendre à leur patrie,
Au foyer paternel, à la mère, à la sœur,
A l'épouse éplorée, idoles de leur cœur.
Lui-même dans leurs bras il ira les conduire,
Par ce pieux bienfait, aspirant à séduire
Et gagner au Seigneur le peuple tout entier,
Et lui faire abjurer son criminel métier.
Plein de ce grand projet, il quitte son église
Depuis près de trois ans sur ses bases assise,
Lui laissant, rassuré, deux pasteurs pour soutiens,
Et part, accompagné de ses nouveaux chrétiens,
Qui, chargés de présents, s'éloignent, l'âme en proie,
Tour à tour, aux regrets, à l'espoir, à la joie.

L'OURAGAN.

La jeune colonie, après cinq jours entiers
D'une route pénible à travers des halliers,
Et qui, du fleuve Jaune aux ondes paresseuses,
En remontant son cours, suit les rives fangeuses,
Gravissait le versant d'un dangereux plateau
Dont plus de mille pas mesurent le niveau.
Un soleil printanier, souriant à la terre,
De ses premiers rayons arrosait l'atmosphère.
Tout était calme alors, et le vol de l'autour,
Lui-même, aux voyageurs promettait un beau jour.
Mais dès qu'ils ont atteint le plateau redoutable,
Sous leurs regards s'étend une neige friable
Qu'un fougueux ouragan soulève en tourbillons,
Et qui vient sur leurs corps se durcir en glaçons.
Dans ce lieu désolé, sur cette plage nue,
Il n'est aucun abri, nulle route connue ;
Seulement on apprend des ossements humains
Que d'autres ont passé par les mêmes chemins ;
Et ces affreux jalons, qui tiennent lieu de guide,
Ne témoignent pas seuls du passage homicide :
Sur une pierre nue, on rencontre parfois
Un sachet de farine, une écuelle de bois ;
Là fut abandonné par quelque caravane
Un pauvre voyageur dont il reste le crâne ;
Son cœur battait encor... des vautours dévorants
Assouvirent leur faim de ses lambeaux vivants...
Devant ces froids débris d'un si triste présage,
Maurice et ses chrétiens ne perdent point courage ;
Leur sang est chaud encor sous leurs habits glacés,
Et contre l'ouragan, en triangle massés,
Comme des grands oiseaux les troupes voyageuses,
Ils marchent, affrontant ses rafales affreuses.

Mais tout semble s'unir au sort qui les poursuit :
Au front de l'Orient déjà paraît la nuit,
Nuit sans feu, sans couvert, et nuit pour eux mortelle
Si l'ouragan persiste et conspire avec elle.
Hélas! loin de cesser, on dirait qu'il s'accroît :
L'ombre qui se rapproche a redoublé le froid ;
Le jour fuit, et bientôt, dans l'horreur des ténèbres,
Ils ne comptèrent plus que des heures funèbres.
Contre cet avenir, assombri par la peur,
Il ne leur restait plus qu'un courage trompeur ;
L'âme, comme le corps, s'épuisait dans la lutte ;
Ils mesuraient l'abîme en attendant leur chute ;
Et déjà, dans leurs cœurs, ils se sentaient mourir,
Lorsqu'à leurs yeux surpris le hasard vint offrir,
Par de pieuses mains dans le roc encadrée,
De la Mère du Christ l'image vénérée...
Non, dans un tel moment et dans un pareil lieu,
Ce n'est point un hasard, c'est un bienfait de Dieu.
Pleins de foi, nos chrétiens, que cet espoir rassure,
Tombent tous à genoux, et, sur la pierre dure
Où s'épanchent les pleurs qui coulent de leurs yeux,
Ils élèvent leurs cœurs vers la Reine des Cieux...
Et Marie a transmis leur prière muette,
Et Dieu qui la reçoit fait taire la tempête ;
Des nuages flottants disperse les lambeaux ;
De la nuit, sous ses pieds, fait briller les flambeaux,
Et dans les flots de l'air, dont il tiédit l'haleine,
Au sang des suppliants, qui circulait à peine,
Verse le mouvement, la vie et la chaleur,
Et la joie eut son heure en ce jour de malheur.
Oh! comme elle fut douce à l'âme de Maurice!
Oh! combien il bénit cette Vierge propice,
Qui, sauvant de la mort leurs jours près de finir,
De son œuvre incomplète assurait l'avenir!...
Tous, dans un saint transport, d'une voix sympathique,
Entonnent à l'envi son sublime cantique ;

Et le *Magnificat,* frappant au loin les airs,
Va de la Mongolie étonner les déserts.
Dans un dernier écho, leurs voix reconnaissantes
S'éteignaient, et la nuit appelait sous leurs tentes
Ces pauvres voyageurs avidés de repos.
Un long amas d'argols (¹) leur fournit à propos,
Pour sécher leurs habits, un précieux chauffage.
La chaleur du foyer et le repas d'usage,
La prière, l'espoir, un bienfaisant sommeil,
Tout ranime leur force; et dès qu'à leur réveil,
Projetant sur leurs fronts sa lumière splendide,
Le soleil, dont le cours doit leur servir de guide,
De sa poussière d'or a semé leur chemin,
Ils partent, tout joyeux, le bâton à la main.
Soutenus par la foi qu'inspirent les miracles,
Méprisant les dangers, surmontant les obstacles,
Et marchant sans fléchir sous le poids de leur croix,
Ils arrivent enfin, et fêtent à la fois
Le jour où va s'ouvrir le beau mois de Marie
Et le jour non moins beau qui leur rend leur patrie.

LES KOLOS.

Aller sur un fumier chercher des malheureux;
Les plaindre, les aimer, se mêler avec eux;
Les arracher au vice, au crime, à la misère;
Pour servir leurs besoins, s'ôter le nécessaire;
Des travaux les plus vils leur alléger le faix;
En faire des chrétiens à force de bienfaits;
Et, pour les ramener dans la patrie absente,
Franchir des monts glacés, affronter la tourmente;
D'un voyage lointain, au milieu des déserts,
Éprouver tous les maux, subir tous les revers;

(¹) Fiente des animaux desséchée et en quelque sorte pétrifiée;
c'est l'unique chauffage de ce désert.

Certes, c'est là l'effort d'une vertu suprême,
Dont le plus vertueux s'honorerait lui-même.
Aussi, dans leur surprise et leur ravissement,
Les Kolos, étonnés d'un si beau dévoûment,
Ne pouvaient se lasser de contempler Maurice.
Pour eux, c'était un frère, un père, un Dieu propice.
Les uns baignaient ses mains de pleurs reconnaissants,
D'autres sur son chemin jetaient des lys naissants,
Et tous avec transport baisaient la robe étrange
Qui sous ses plis grossiers, recelait ce cœur d'ange.
Objet de tant d'amour, l'apôtre, sans effort,
Devait gagner à Dieu ces âmes que la mort
Aurait voulu couvrir de son ombre éternelle :
Quand le cœur est soumis, l'esprit n'est plus rebelle.
Puissamment secondé par les fervents chrétiens
Dont il avait brisé les ignobles liens,
Maurice poursuivit son œuvre sans relâche ;
Et lorsqu'il eut rempli sa glorieuse tâche,
Le ciel avec orgueil vit ces peuples guerriers,
Sous le joug de Jésus, courber leurs fronts altiers.
L'erreur était détruite et la lumière faite ;
Mais pour jouir des fruits de sa sainte conquête,
Il fallait des Kolos réformer à la fois
La conduite, les mœurs, les penchants et les lois ;
Il le fit : Ces brigands, dont la valeur coupable
Fut aux peuples voisins si longtemps redoutable,
Dans la crainte de Dieu et l'amour du prochain,
A leurs déportements surent trouver un frein.
Suspendant pour toujours leurs armes homicides,
Arrachant de leurs cœurs tous les désirs cupides,
C'est à leur travail seul, c'est à leurs seuls efforts
Qu'ils voulurent devoir d'avouables trésors ;
Et leurs bras vigoureux obtinrent de la terre
Plus de biens que leur fer n'en tirait de la guerre.
Ainsi, qui vous connaît est bientôt vertueux,
Et toujours, ô mon Dieu ! qui vous aime est heureux.

UNE NÉOPHYTE.

Cette horde indomptable en moins d'un an soumise,
Les rapides progrès de cette jeune Église,
Ce conquérant nouveau plus puissant que les rois,
Dont l'arme est la parole et le sceptre une croix,
Tout propageait le nom du saint missionnaire,
Et ce nom, désormais devenu populaire,
Retentissait déjà dans les champs du Kan-sou (¹)
Où commandait en roi l'ambitieux Nan-pou.
Ce vieillard était veuf, et Lao-Si, sa fille,
Était son seul enfant, son unique famille,
Enfant digne d'amour et pleine de candeur,
Qu'un seizième printemps parait de sa fraîcheur.
Catholique en secret, à son heure suprême,
Sa mère en vain voulut lui donner le baptème ;
Elle ne put lui dire, en son dernier adieu,
Que ces mots : Sois chrétienne et ne sers que mon Dieu ;
Et la fille promet sur ce cœur qu'elle presse,
Et la mère en mourant emporte sa promesse.
L'orpheline attendait le jour de la remplir,
Lorsqu'à ses vœux ardents ce beau jour vint s'offrir.
En moins d'une semaine, un messager fidèle
Pouvait joindre Maurice et l'amener près d'elle.
Il partit aussitôt, renfermant dans son sein
Le secret important de ce hardi dessein ;
Et le sixième jour, au château solitaire
Où vivait sans éclat une sœur de sa mère,
Sous son œil maternel, dans un lieu retiré,
Lao-Si recevait l'apôtre désiré.
Dans cette noble enfant, sous l'écorce païenne,
Le prêtre a reconnu tant de sève chrétienne

(¹) Province chinoise.

Que du temps de l'épreuve il abrège le cours;
De l'Esprit de lumière invoquant le secours,
Il laisse sur son front, de sa main pastorale,
En figurant la Croix, tomber l'eau baptismale;
La consacre au Seigneur par l'huile et par le sel;
Et l'enfant de Boudha devient fille du ciel.
Oh! qu'il dut être doux à l'âme de sa mère
L'instant qui lui rendit une fille si chère!
Elle peut désormais se livrer à l'espoir,
Elle peut la bénir, et pourra la revoir,
Sans doute bien des jours s'écouleront encore.
Avant que de ce jour la pâlissante aurore
Vienne mettre le comble à sa félicité;
Mais elle peut attendre, elle a l'éternité.
Tandis que prosterné priait l'humble lévite,
Et que d'un cœur brûlant la jeune néophyte
Adorait le Dieu saint, source de charité,
Qui vient de l'appeler à l'immortalité,
Le mandarin, instruit par les avis d'un traître,
Arrive, et de l'autel où l'impassible prêtre,
Sans s'émouvoir du bruit, restait en oraison,
Il le fait arracher et conduire en prison.
Interdite et tremblante à l'aspect de son père,
Un moment Lao-Si, sous son regard sévère,
Baissa ses yeux en pleurs et son front innocent;
Mais lorsque au lieu d'un père un tyran menaçant
Exige que du Christ elle souille l'image,
Oh! la chrétienne alors retrouve son courage;
Et, baisant cette Croix, son seul bien désormais,
A l'ordre sacrilége elle répond : Jamais!...
Son père a vainement prodigué la menace;
Ne pouvant triompher de sa pieuse audace,
Il cherche à la séduire en flattant son orgueil :
— « Veux-tu donc te briser sur ce perfide écueil,
» Fille plus insensée encore que coupable!
» Tu ne peux ignorer que ton culte exécrable,

» Proscrit par l'empereur et puni par la loi,
» Ne saurait attirer que des malheurs sur toi.
» Mes soins te ménageaient une illustre alliance :
» Au prince Mi-Lao promise dès l'enfance.....
— » Mi-Lao, juste ciel ! le bourreau des chrétiens !...
— » Il tient à l'empereur par de puissants liens ;
» Cet hymen, Lao-Si, t'approcherait du trône.....
— » En m'éloignant de Dieu, mon père ; et la couronne
» (Daignât-on me l'offrir) elle-même, à ce prix,
» Ne recevrait de moi qu'un regard de mépris.
— » C'est là du fanatisme et non de la sagesse,
» Ma fille ! et tu réponds bien mal à ma tendresse.
» Mais qui donc a versé ce poison dans ton sein ?
» Qui t'inspira, dis-moi, ce funeste dessein
» Qui détruit d'un seul coup ta fortune et la mienne ?
— » Ma mère et Dieu.—Ta mère ? elle mourut chrétienne !..
» Ainsi tous m'ont trahi dans ma propre maison !...
» Ah ! le vil imposteur qui troubla ta raison,
» Ton prêtre sentira tout le poids de ma haîne !...
» Abjure aujourd'hui même, ou sa perte est certaine... »
Et le tyran sortit, lui laissant cet adieu :
Sacrifier Maurice, ou renier son Dieu !....
Que fera cette Vierge, hélas ! si jeune encore ?
O Marie ! aidez-la, car c'est vous qu'elle implore.
La triste Lao-Si, dans son doute mortel,
Lui criait en effet, prosternée à l'autel :
O Marie ! ô ma mère ! oh ! je vous en conjure,
Sauvez-moi, sauvez-moi d'un crime, ou d'un parjure !...
Alors en traits de feu se montra par trois fois
Cette devise inscrite au fronton de la Croix :
« Pour le juste, la mort c'est la vie éternelle. »
Dieu l'avait éclairée, elle resta fidèle.

LE BUCHER.

Quarante heures plus tard, dès le soleil levant,
Un peuple curieux, de son cercle mouvant,
Non loin de la cité, ceignait un champ immense.
Au milieu de ce champ, d'un pas grave s'avance,
Escorté de soldats, un homme à cheveux blancs,
Usé par les travaux bien plus que par les ans.
Il est chargé de fers ; on le mène au supplice,
Et le bûcher l'attend : cet homme, c'est Maurice.
Devant le tribunal où le grand mandarin
Siége, le front chargé du plus sombre chagrin,
Il arrive ; et, debout, il attend en silence.
» Chrétien, lui dit Nan-Pou, tu connais ta sentence ;
» Mais j'ai dans ce district droit de vie et de mort ;
» Et je reste toujours le maître de ton sort.
» Tu peux tout espérer, chrétien, de ma clémence :
» Laisse là ton vain culte et le Dieu de ta France ;
» Foule aux pieds cette Croix, et tes fers vont tomber.
— » Crois-tu par cet appât me faire succomber ?
» Orgueilleux mandarin ! quelle erreur est la tienne !
» Apprends donc que la mort, pour une âme chrétienne,
» N'est que le premier pas vers l'immortalité.
» Je dormirai ce soir dans la sainte cité.
» Je partirai sans peur, j'arriverai sans crainte.
» De mon tombeau de feu, crois-le bien, nulle plainte
» N'ira, pour t'accuser, me devancer au ciel ;
» Et moi-même, tombant aux pieds de l'Éternel,
» Loin d'appeler sur toi le poids de sa colère,
» Je lui demanderai ton pardon pour salaire.
» C'est ainsi que mon Dieu m'enseigne à me venger.
— » Tu lasses ma bonté, dédaigneux étranger !
» Puisque tu veux mourir, il faut te satisfaire :
» A la mort, sans retard, qu'on mène ce sectaire !

» Allumez le bûcher, et, de ce vil chrétien,
» Soldats, que dans une heure il ne reste plus rien.
» Si ses amis osaient vous demander sa cendre,
» A ce coupable vœu gardez de condescendre ;
» A dessein j'ai choisi ce supplice nouveau
» Pour tout anéantir dans le même tombeau,
» Et priver désormais ces esprits fanatiques
» Du funeste aliment de leurs sottes reliques. »
A cet ordre inspiré par l'infernal esprit,
La foule bat des mains..... et l'apôtre sourit :
Il semblait pressentir que le ciel rendrait vaine
Cette précaution dont s'applaudit la haîne.
Au bûcher cependant Maurice est parvenu.
D'un pas toujours égal, par la foi soutenu,
Sans affecter d'orgueil, sans montrer de faiblesse,
Il y monte ; et ses yeux, où brille l'allégresse
Et le modeste éclat d'une grandeur sans fard,
Promènent sur le peuple un bienveillant regard.
Sa barbe à flots d'argent tombant sur sa poitrine,
Ses cheveux ondulés où la neige domine,
Son port noble et son front empreint de majesté,
Tout en lui se revêt d'un air de sainteté,
Imposant pour l'esprit, mais pour le cœur aimable,
Et qui devrait fléchir cette foule implacable
Dont l'insultante joie et les cris menaçants
Viennent troubler la paix de ses derniers moments,
Et semblent s'allumer au feu de son courage.
Malheureux insensés !... dans leur aveugle rage,
Ils sont loin de prévoir qu'un jour leur repentir
Arrosera de pleurs les palmes du martyr.
Privé de confesseur, à cette heure suprême,
Le pieux pénitent s'accuse à Dieu lui-même ;
Il laisse à sa bonté son prochain avenir,
Et le prie à genoux de daigner le bénir.
Aussitôt du soleil que voilait un nuage
Un rayon descendu sur son calme visage,

En cercle lumineux disposant ses dessins,
A tracé sur son front l'auréole des saints.....
Qui dira le bonheur dont son âme déborde?
En le marquant du sceau de sa miséricorde,
Le Seigneur a brisé ses terrestres liens;
Il n'aime, il n'attend plus que les célestes biens,
Et se plaint dans son cœur qu'on les lui fasse attendre;
Mais dans le même instant l'airain se fait entendre;
Un roulement lugubre a parcouru les airs,
Comme l'écho lointain de mille bruits divers;
C'est le signal!... la flamme, en vingt endroits portée,
Sans relâche s'accroît par le vent excitée;
Du bûcher sacrilège elle envahit les flancs,
Monte en lames de feu, court en flots dévorants;
Et, du tas qui s'affaisse ayant atteint la cîme,
Dans un cercle brûlant enserre la victime.
A cet instant fatal dont l'enfer s'applaudit,
Et que fêtait l'enfer dans son antre maudit,
On entendit les cris d'une féroce joie,
Tels qu'en pousse le tigre en déchirant sa proie.
Mais du héros chrétien rien n'irrite le cœur :
Il veut être sans haîne ainsi qu'il est sans peur;
Il accepte la mort, armé de son courage;
Armé de son dédain, il supporte l'outrage;
Se souvient de Jésus mort abreuvé de fiel,
De sa foi s'enveloppe, expire et monte au ciel.

EPILOGUE.

Le sort m'avait conduit vers ces plages lointaines
Où s'allument du jour les clartés incertaines.
J'avais vu de Lassa les bois majestueux
Et ses coupoles d'or et ses lamas nombreux.

Franchissant du Thibet les affreuses montagnes,
J'atteignais le Kan-Sou, dont les riches campagnes,
A la fin d'un beau jour, m'étalaient leurs trésors,
Lorsque, près du lieu saint où reposent les morts,
Une chapelle ouverte appela ma prière.
(Qui de nous n'a là-haut quelque personne chère?)
J'entre : sur un tombeau paré de simples fleurs,
Une femme, un vieillard, penchés, versaient des pleurs.
Les fidèles nombreux qui formaient l'assistance
Tenaient leurs chapelets et priaient en silence.
Moi, je priai comme eux, laissant mon faible cœur
Saigner au souvenir d'un trop récent malheur.
Après quelques instants de pieuse tristesse,
J'aborde ce vieillard que la douleur oppresse :
« O mon père ! qui donc repose en ce tombeau?
» Lui dis-je : — Un prêtre, un saint dont je fus le bourreau,
» Maurice, et ce nom seul, mon fils doit vous suffire :
» Qui pourrait ignorer mon crime et son martyre?.....
» Et ce crime, abhorré de mon peuple et de moi,
» Fut la source pourtant d'où jaillit notre foi :
» Ainsi le plus beau jour naît parfois d'un orage,
» Et souvent la santé coule d'un noir breuvage.
» Dieu, pour nous amener aux pieds de ses autels,
» Certain du repentir, nous souffrit criminels ;
» Il voulut à Maurice attacher un prodige,
» Pour avoir des rameaux d'une si belle tige ;
» Et dans le même instant où d'un vol radieux,
» L'âme du saint martyr remontait dans les cieux,
» Il préserva son corps des flammes dévorantes ;
» Et, changeant en sanglots nos clameurs insolentes,
» Il nous montra ce corps au milieu du brasier,
» Tel que nous l'avions vu, superbe et tout entier :
» Rien en lui n'a du feu reçu le moindre outrage :
» C'est toujours son sourire et son calme visage ;
» Sa bouche prie encor, son sein va soupirer ;
» Il ne respire plus, mais semble respirer.

» A cet étrange aspect, la foule consternée

» S'incline, et sur le sol demeure prosternée.

» Alors parut ma fille en longs habits de deuil

» Et suivant à pas lents un modeste cercueil

» Où de l'apôtre aimé doit dormir la dépouille.

» Elle arrive, s'arrête, un instant s'agenouille ;

» Puis se tourne vers nous, et d'un ton solennel :

— » Dans ses œuvres, païens, admirez l'Éternel.

» Ce cadavre éloquent proclame sa puissance ;

» Et sur vos fronts courbés pèse encor sa présence ;

» Invisible à vos yeux, il parle à votre cœur ;

» De tout ce qui respire il est le créateur ;

» Il voit tout, il peut tout, il connaît toute chose ;

» L'incertain avenir sommeille en sa main close ;

» Et sa seule pensée enfanta l'univers,

» Païens, c'est le vrai Dieu, c'est le Dieu que je sers,

» Le Dieu qui vous appelle ; écoutez sa parole ;

» De l'impuissant Boudha brisez la vaine idole,

» Et suivez cette Croix qui marche devant vous.

— » A cet ordre inspiré nous obéissons tous ;

» Tous du divin Sauveur nous suivons la bannière ;

» Et le doute orgueilleux que blesse sa lumière

» Fuit, et fuit sans retour, laissant seuls après soi

» L'amour dans notre cœur, dans notre esprit la foi.

» Ainsi je pus offrir aux mânes de Maurice

» Un peuple de chrétiens pour prix de son supplice. »

Et le vieillard se tut ; et moi, plein de regrets,

Je le quittai, du ciel adorant les décrets.

FIN.

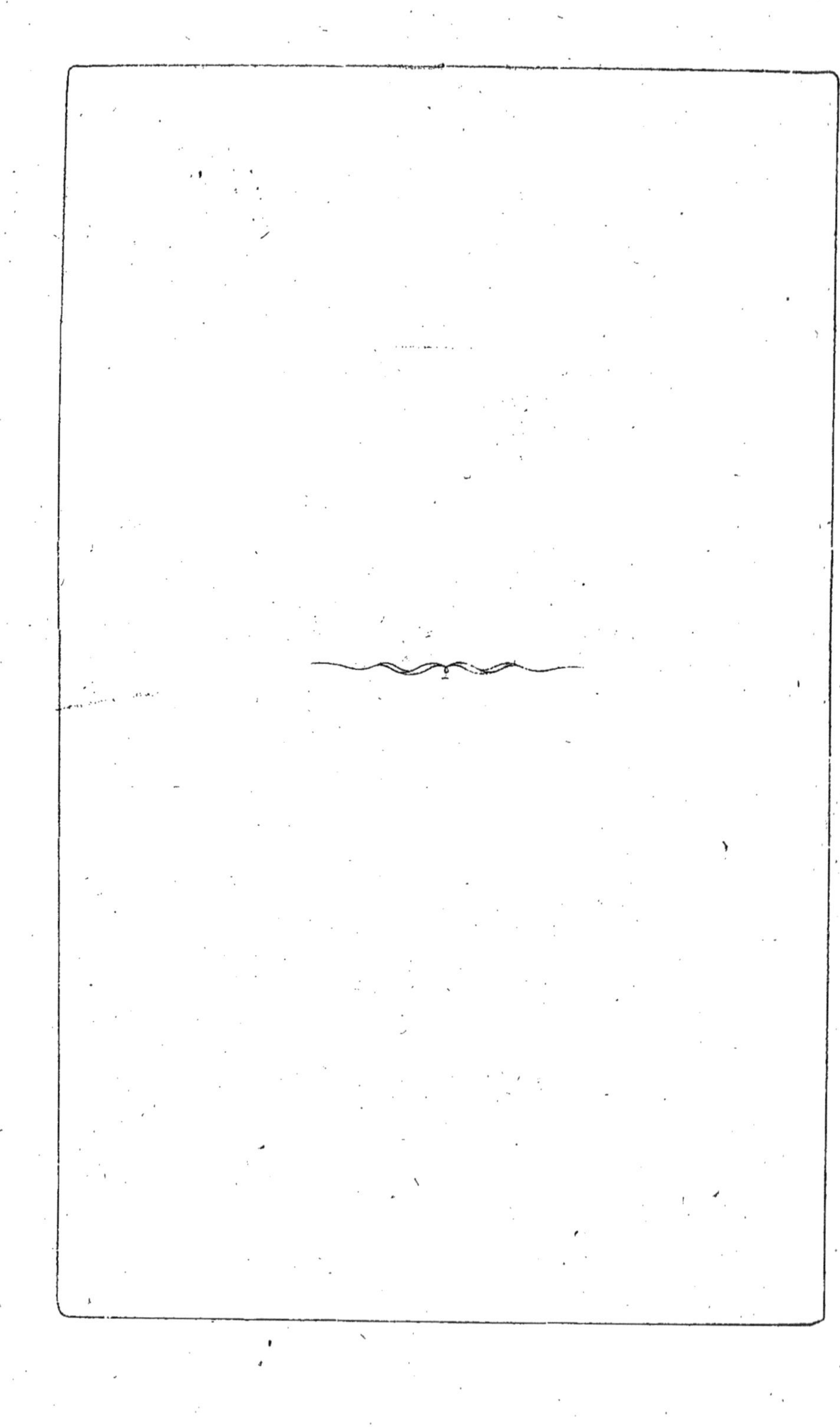